U0007480

# 靴下貓 2

### 熱烈歡迎小小夥伴

布克文化

# 目次

靴下貓什麼都還不知道的時候・・・・・・・・・・・・5

靴下貓是這樣的貓咪?!・・・・・・・・・・・・・・14

靴下貓的朋友現身・・・・・・・・・・・・・・17

靴下貓和好朋友・・・・・・・・・・・・・・・・26

靴下貓和羅斯一起玩耍・・・・・・・・・・・・・・29

靴下貓的一天・・・・・・・・・・・・・・・・・・38

靴下貓打架了・・・・・・・・・・・・・・・・・41

靴下貓四格漫畫 之1・・・・・・・・・・・・51

靴下貓的大煩惱・・・・・・・・・・・・・・・・・・59

靴下貓四格漫畫 之2・・・・・・・・・・・・69

靴下貓不見了・・・・・・・・・・・・・・・・・77

靴下貓四格漫畫 之3・・・・・・・・・・・・・95

靴下貓與諾魯・・・・・・・・・・・・・・・・・・103

靴下貓四格漫畫 之4・・・・・・・・・・・・111

靴下貓,明天見・・・・・・・・・・・・・・・・117

# 靴下貓的朋友們

靴下貓

不是花色，而是腳上真正穿著襪子的貓咪。洗臉的時候會先把襪子脫下來，但自己沒辦法穿回去，所以會使出翻滾絕招撒嬌：「幫我穿襪子嘛！」

諾魯

被靴下貓撿到、剛出生的仔貓。毛絨絨的奶茶色超級可愛。最喜歡和靴下貓黏在一起。不過，目前沒人知道牠們住在一起。

羅斯

銀色的俄羅斯藍貓幼貓。年紀非常非常非常小。

小芭咪

和靴下貓一起住在前主人家的巧克力色貓咪。個性難以理解。
（詳細情況請見《靴下貓 每天都幸福》）

靴下貓什麼都還不知道的時候

而是⋯

快步走

這隻貓咪並
不是毛色彷
佛穿著襪子

東張　西望

叼起

自己不會穿
的樣子
翻滾
翻滾　翻滾
腳上真的
穿了襪子
的貓

翻滾⋯

!?
磨蹭
磨蹭

表示謝謝的磨蹭

哇

OK！
襪子
穿好囉～

呀⋯

你⋯你沒事吧？
倒地

!!
滑

磨蹭
磨蹭

←又要重新穿上

6

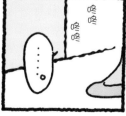

7

10

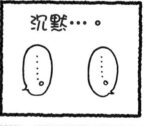

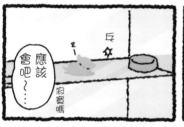

歡迎回家…

磨蹭

我剛才摸過
小貓啦，
明白嗎？

糟糕……

這裡
也有

ｊ

咦？
那是什麼
味道？!

聞
聞

・・・・・・

你想和牠做
朋友嗎？

磨蹭
磨蹭

開心的姿勢～

跟我做
朋友吧—

翻滾～

有朋友的話會
很開心吧？

←一臉期待
模樣！！

？

…我說，
你想要有個
朋友嗎？

那就這麼
決定吧！！

〝擊掌〞

・・・・・・

跟我做
朋友—

喉唷，
這樣很癢
耶～

跟我做
朋友—

翻滾
磨蹭

跟我做
朋友—

12

13

# 靴下貓是這樣的貓咪？！

某一天早晨，房間跑進來了一隻穿著白襪的貓。雖然貓咪的腳上有著襪子，但牠自己似乎不會穿襪子。

想玩耍或想引人注意的時候，就會故意踢掉襪子，然後開始翻滾，擺出一副「幫人家穿襪襪嘛」的姿勢撒嬌。

總之，目前我暫時和這隻迷路的靴下貓住在一起，但其實我還不是很了解這隻貓咪。

牠的後腳掌上有個類似熊的神祕圖案，至今還不知道這隻貓咪真正的名字。（我曾經試著喊牠「蹦」，而牠也的確有反應）
不過，如今的我和靴下貓已經就像一家人了。

襪子快掉了→

靴下貓的朋友現身

※ 請參考《靴下貓 每天都幸福》54頁。

這個比羅斯還早來的小子

不過…

這孩子的名字是羅斯

真是直白～

靴下貓畫的名字

害羞～

瞼紅紅

崇拜的眼神

是前輩耶…

滑倒——

到現在還沒決定名字呢

先叫他靴下貓。

禁暫時

再一個

脫掉

抓住

襪子…

哇——哇——

脫〇脫

脫掉

哇——哇——

對耶…

喵

沒穿襪子還能叫靴下貓嗎？

21

然後顏色是可愛的粉紅色。

真可愛～

相較之下。

羅斯的肉墊好小

不到1公分

靴下貓

小肉墊

捏捏……

黑豆色。♪

笑

捏捏……

捏捏……

怎麼了？……

捏

真可愛……
大發現！！
大發現！！
大發現！！

大發現！！

柔軟度一樣耶！！

一起吧！！

22

※ 雙層毛：有用來防雪或雨水的外層毛，以及用來保暖與防水的底層毛。
　 俄羅斯藍貓密實的底層毛能夠抵擋嚴寒。

已成熟。

未成熟。

靴下貓
耳朵朝側面

驚——

耳朵還朝著兩側，真是可愛呀！！
摸 摸

？

用力地撐住。

轉轉

摸 摸

人家…
飆淚～

滑倒——
怎麼了？在生氣嗎？吃醋啦？

不管耳朵朝哪邊都超可愛的！！

摸 摸
靴下貓也很可愛！！

討厭…

24

迅速

快步跑…

襪下貓

搗蛋鬼

踢!!
踢!!

踢…

還給我啦…

咻～～

踢
!!

別這樣…

踢!! 破破爛爛…

往前衝…

鎖定目標

體無完膚

力氣好大

拉出來～♪

我贏囉囉囉…

跪坐～

把襪子藏起來

25

# 靴下貓和好朋友

因為是俄羅斯貓，
所以就取名羅斯，
比較好記‧‧‧。
體型嬌小又瘦弱。

會和玩具一起玩耍，
也會和非玩具一起玩耍‧‧‧。

雖然愛搗蛋，
卻也因此覺得特別可愛～

羅斯似乎非常喜歡靴下貓。

雨小感情好，
一起認真看家，
真好。

諾魯。
偷偷住在一起。
是靴下貓撿到的小仔貓。

靴下貓和羅斯
一起玩耍

30

鎖定目標

盯～

靴下貓
漫畫
埋伏

再玩一次—

衝啊
閃過

鎖定目標

盯～

盯～（假裝）

動作迅速。

我還要玩—

差一點—

前撲～

衝啊

哈哇—

抓到了～

鎖定目標

再陪牠玩一次好了。

31

?

靴下貓
漫畫
祕密基地

哇一
哈一

慌慌 張張
?

瞬間僵化
驚!!

全都在嗎…?
都穿著…

祕密基地，瓦解了!!
拖鞋祕密基地。

呼

整理乾淨。
全都塞回去了。

呼　呼

…你這小子
我要進去囉

站起來了

扭

襪下貓
埋伏窗簾

爬 爬

迅速

哇
...

爬 爬

站在最上面了

太頑皮了吧...

降落

慌慌 張張

高空彈跳

想玩嗎？

長得和靴下貓很像的玩具。

抓
抓

支離破碎…。

抓

抓
抓

全部完蛋。

沒有了嗎～？
結束…。
裝無辜

全新品庫存～♪

拉出

後果怎樣我可管不了囉…

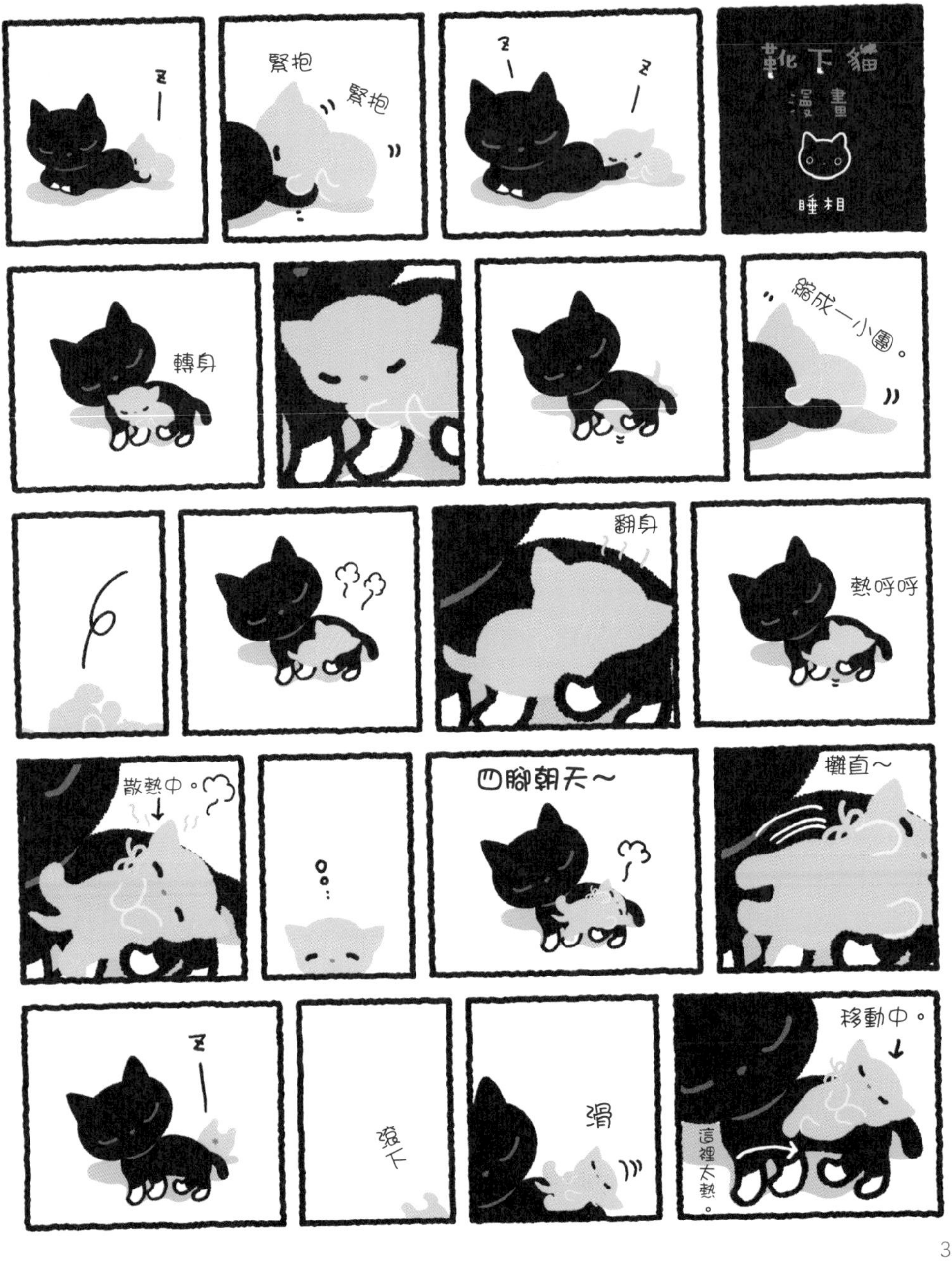

靴下貓
漫畫
睡相
緊抱
緊抱
轉身
縮成一小團。
翻身
熱呼呼
散熱中。
四腳朝天～
攤直～
滾下
滑
移動中。
這裡太熱。

踩
哇啊
...

跳

Z

靴下貓
寫又畫畫

來玩嘛！！

脫掉

來玩嘛～♪♪

磨蹭
磨蹭

沉～默
...

飄搖～

超敷衍

回來了...

真好騙
...

丟～

濕答答～～

丟～

啪咚
...

再丟嘛
再丟嘛
...

# 靴下貓的一天

早上 6：00 起床
如果賴床而不是馬上就起床，
就會跳起來撲到我身上。
叫起床的效果比鬧鐘還好。

早上 6：30
吃早餐 & 目送我早上出門去。
牠會乖乖的坐在玄關，目送我離開。

接下來嘛，
我也不是很清楚，
大概就是不停的玩耍吧。

晚上 8：00 坐在玄關等我回家。
怎麼會知道我什麼時候回來呢…

睡覺之前是特別時間。
我們會一起玩，
或者幫牠刷刷毛，
或是一起看電視…
輕鬆度過優閒的時刻。

或是修補襪子…

雖然貓咪是夜行性的動物啦。

晚上 12 點就寢。
也許是有睡午覺的關係吧，
晚上也能配合人類的作息時
間睡覺。

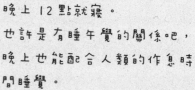

靴下貓打架了

麻煩兩位看家嚕！

我要出去了

啾

啾

玩迷藏？

唔——嗯…？

這個頑皮鬼…興致勃勃

我們一起來玩些遊戲吧～!!

轉頭

要躲起來。

掰掰!!

負責抓鬼。

?

可是…

喔 耶

靜～悄悄

東張 西望

睜開眼睛

1．2．…

這個地方怎麼可能嘛
想躲也躲不進去呀
砰咚一    衝——

空隙。

42

44

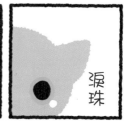

47

呼嚕——

軟爛

抖抖抖
尾巴
抖抖抖

迎接～✧
乖乖坐好。

我回來了——
眼門

轉頭

那麼～
來吃飯吧～

你們兩個
真是太可愛了一!!

吼一

偷瞄

轉身

磨蹭

…彼此要相親相愛喔
特地說的嗎?!

我沒吵架呀…

不可以
吵架喔～

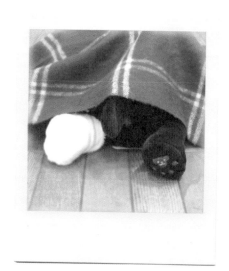

靴下貓四格漫畫
之 1

# 靴下貓悄悄話。

＝ 剛開始創作繪本時發生的事件（上集）＝

當我正在創作《靴下貓》繪本第 1 集時…現在說出來已經無所謂了，其實繪本裡描繪的故事，全都是發生在我身上的真實事件（這些往事如今我已經能夠心平氣和面對了）。一直養在室內、會彈吉他、整日自由自在（藝術家個性）的貓咪「小動」（當時1歲），由於我的疏忽，跑出去後就一直沒有回來。

先餵我吃飯飯啦—
活不下去了…
飯飯…


早晨 太陽升起前貓咪開始活動的時刻

誰呀？
不是你～


白天 此時的貓咪不是在睡覺就是躲了起來

畫 畫 畫 畫
畫畫 畫 畫
畫 畫畫畫
畫畫畫畫
無心於工作。


傍晚 太陽下山，貓咪再度活動時

別窩在底下唷
喂—


半夜 貓咪聚會等夜性行動物聚集數量最多時

貓零嘴
搖
搖
嗚…
嗚…
躡躡～
誰呀～？


…我的生活頓時落入深淵。

當天我連續跑了警察局的生活組、區公所、動物收容中心、環保局（光是填單我就哭了）報案＆留下聯絡方式。

之後也貼了尋貓海報 etc…。

咚隆～
偷偷彈著吉他的「小動」


當晚，我在一個鋪滿管線的地方目擊到小動 !!

但因為是像這樣的黑影，瞬間就消失得無影無蹤了～我試著在黑漆漆、充滿管線的狹小空間裡找尋牠的蹤影…竟然在這堆管線的最深處發現一個小空間 !!

（人家也要睡棉被裡啦）
之前都是一起睡


而且是個很像小房間的地方

（明明是在戶外）

裡面還有張老舊的茶几…。

簡直就是都市傳說呀 !!

待續

管線深處竟有張桌子…!!
天哪啊啊啊啊～

我是每天只要睡 3 小時就夠的人。但因為太擔心，完全沒辦法入睡呀

靴下貓的大煩惱

## 關係微弱♪

沒來由的…

喜歡
♪
討厭

## 兩個都是小不點

諾魯
（仔貓）

羅斯
（稍微大一點點）

靴下貓
漫畫
關係

沒幹嘛呀…

幹嘛…

前進

快步跑…

？

前進

我啦

別跟著

怒氣衝天…

停住

哇—

快步跑…

快步跑…

吼

別

？

伸手

跑走…

跟上♪

謝謝—

給你♪
飯飯。

靴下貓
漫畫
被抓住了

狼吞
虎嚥

空無一物…

大口吃

飯飯不會被搶走嗎…
狼吞
虎嚥

堅強…

扒住

黏緊

揪住

你們兩個能不能好好相處啊

兩個手臂上都有貓～
淚眼
淚眼
緊抓不放

揪住

哭哭～

衝刺…

飛奔…

快步跑…

跌倒

滑脫

別這樣…

衝衝衝…

怎麼回事啊…

衝… 衝…

快步跑…

喘 喘

63

靴下貓
漫畫
晃呀晃

鎖定目標

脫下

64

靴下貓
漫畫
模仿

拉下

摸
...

探頭

鑽
鑽

抓住

脫

真棒—
好好喔

得意中

你們在幹嘛～

一模一樣
優眼
...
塞滿滿

連鑽猛擠

太難了吧…？

哇—
抓住

打成一團

靴下貓 漫畫 打加木

站起

驚

凌空一抓

哼吼— 那個…

喝呀— 兩位…

默默離開…

靴下貓四格漫畫
之 2

※ 藍眼睛：仔貓才會有的獨特藍色眼珠。
不論貓種都是一樣的顏色，隨著成長眼珠顏色才會逐漸改變。

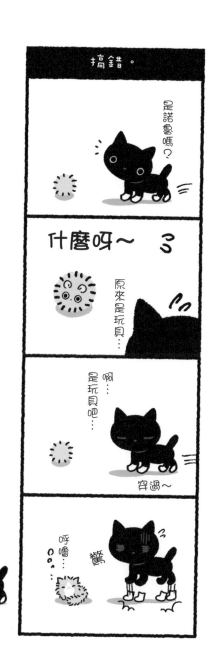

# 靴下貓悄悄話。

= 剛開始創作繪本時發生的事件（下集）=

那張桌子其實沒有很髒，但還是讓我緊張得直冒冷汗。不經意瞄了一眼桌面（終究還是看了），桌上擺著一把非～常老舊的古董級指甲刀…。「我的媽呀～」全身的血液直衝腦門，嚇得我立刻中止尋貓行動。「有人…住…住在…那裡呀…」即便已經回到家，我的心臟還是怦怦猛跳個不停…。

不行不行
我辦不到啊

顫慄——

謝謝您提供的目擊情報

迅速
知道了
地點是…

快準備
快準備

之後，搜尋小勳的工作從一星期延長到 2 星期，我甚至還冷靜的搜尋了那個小房間。
於是，一個月後……

尋貓時攜帶的工具有手電筒、貓零食、濕紙巾、餐盤、湯匙、貓草、貓砂等…

材料放置場

虎嚥
狼吞

吃啦～
慢點啦～

喵一

抓住

想逃去哪裡

音電～

原本…
體重 2.8 公斤

被找到時…
體重 1.8 公斤

已經覺悟必須長期抗戰的我，連續接到好幾通電話，說曾經目擊過小勳!!

躲在材料放置場的小勳，聽到我的聲音加上常吃的食物及餐盤，馬上就安心下來，我也順利將牠帶回。

還給我啦
把睡覺的地方

抱抱抱
歉歉歉

呼嚕

雖然沒有出現像照顧「靴下貓」的女粉領族，在尋貓過程中陪著我一起擔心、提供情報及協助的許許多多善心人士，

承蒙大家的幫忙，真的非常感謝！感謝你們！

坐在籃子裡

喵一

現在變成了「小勳餅」。

靴下貓不見了

細菌…

緊張～

降落
啊
…

第二下蹦—

我走了—
啊
…

這種東西不
會傳染吧？
擦擦

擦擦

唔～嗯

外面…

外面不會很可怕嗎～？
一直待在室內
從沒外出過的
羅斯。
好害怕的
羅斯

幹嘛啦—!!

外面比較冷啦～
應該很可怕
冬天的話
果然…

啊
!!

一直待在襪子
裡的諾魯。
我也不知道…

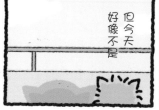
但今天
好像不是

83

84

可以了嗎？

這樣子…
請問

裡裡外外忙了
2小時。
↓

嘎—
嘎—

走吧!!
跳
躍

堆成小山～
好厲害—

彈出

拉拉…

咚!!

嗯

你還好嗎?

磨蹭
磨蹭
磨蹭
真可愛♥

謝謝你…

吼
一

磨蹭磨蹭
很固執耶...

扭動掙扎
快住手一
磨蹭磨蹭
抱緊♥

現在這堆
該怎麼辦...

莫名其妙
又生起氣來。
↓
哼

!!
為什麼...
抱歉

♪

②　←　①
③

繩子

雙眼發亮

拉拉拉~

找到了
♪

♪

90

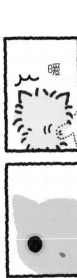
暖

抖

太陽逐漸西下…
↓

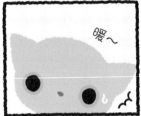
暖～

你怎麼了？
??? ……?

小抖動

柏

羞～

柏

感情很好嘛
感動～

大驚～～～!!!

插插

跳

92

靴下貓四格漫畫
之 3

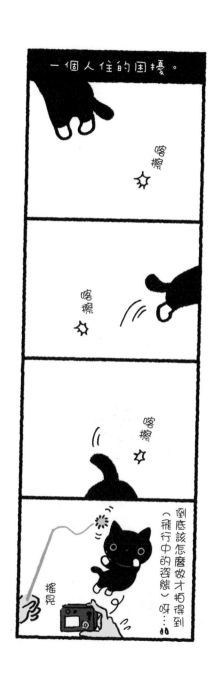

# 靴下貓悄悄話。

### = 遇見真正的靴下貓 =

在某個休假日，我遇到一隻彷彿腳上穿著襪子的仔貓，倒在某座市區內的巨大公園裡。

這隻貓咪一動也不動，甚至令人懷疑「牠還活著…嗎？」於是趕緊將牠保護起來。

我撥了好幾十家附近動物醫院的電話，才終於遇到一家願意看看這隻流浪貓的動物醫院！！

抵達醫院時，袋子裡那隻原本吐得滿身的孩子竟然又恢復精神了，而且還元氣十足地喵喵叫，不禁讓人懷疑「難道剛才是…假裝昏倒嗎？」

由於我有一些原因不方便收養，只好開始找尋願意讓貓咪住院並收養牠的人……。

其實我也很擔心，在找到願意收留這隻貓咪的人之前，「萬一和這隻貓咪彼此產生了感情，那該怎麼辦？」

幸運的是很快就有好幾個人來與我聯絡！！交接的當天，

這貓咪竟然朝我「哼－吼－!!」地表示嫌棄（因為一直讓牠住院，和人類不太熟稔）不過，待在溫柔體貼的新主人身旁，如今想必應該和人相當親暱了吧。

想法坐視不管啊

今天是放假日，不如直接你們是否有著落？

帶過來沒關係

和諾魯一樣屬於易怒個性…

喵嗚－ 喵嗚－ 喵嗚－

一大灘…

吃了各種不同食物後大吐特吐。

將養貓互具組與靴下貓一起交接的當天。

San-x的毛巾或玩偶等。

也有靴下貓 ♥

吼

貓砂 & 貓食。

再見～ 要好好保重喔～

急急忙忙

要變得像這樣哦～

吃了很多飯變得日日胖胖。

102

靴下貓與諾魯

發呆～

垂下……

暖洋洋

靴下貓
與諾魯
♪曬太陽♪
作者・TOYAYOSHE

抓抓

垂坐…
老爺爺坐容?

滑滑

♪

點頭打瞌睡…

踩空…

滑

太高了…

嘿咻
嘿咻

一起睡午覺
呼嚕—
四腳朝天

呼嚕—

嚇我一跳～

咚丘

104

嘩啦啦—

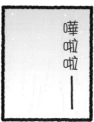

盯～

嘩啦啦—

靴 下 貓
與 諾 魯

♪ 雨停了 ♪

作者・TOYAYOSHE

綿延—

燦爛—

滴答
滴答

穿長靴出門去 ✦

探險 ♪

急忙

說不定
可以
爬上去?!

興奮

緊張

走吧

包成一小坨

揪住…

嘿嗯

…要爬哪一
條才好咧

2個都爬～

出現第2條—
綿延—

?

!!

105

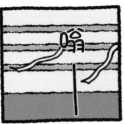

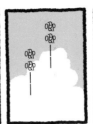

吃飯時間還沒到嗎？

答答答

吃嚕嚕
肚子好餓啊

空空如也…

靴下貓與諾魯
♪像食物的東西♪
作者・TOYAYOSHE

翻腦
是洗洗精
很可能是這個嘎…

很可能是這個嘎…

來找找可以吃的東西吧♪
跳起〜

東張 西望

！！
驚

嘎嘎

發生什麼事了
嘎嘎
飛奔

嘎嘎嘎
驚

滑脫

慌張失措

諾魯不是（烏鴉的）食物！！！
危險

烏鴉
嘎（是食物？）
嘎（是食物！！）
陽台
諾魯

我剛才是在找什麼啊？
蹦頭〜
你怎麼了？
？
剛剛似乎正在賞鳥中。

笑鳥
互看

滾滾滾〜

 喵…

 貓皮疙瘩!! 沒感覺。 覺得冷。

 從縫隙吹進來的風。 好冷!!

 靴下貓與諾落魚 作者・TOYAYOSHE

 鬆垮

 飛奔一

 襪 希望之光!! 爸爸的。

 塵埃落定～ 拍! 拍!

 鑽呀鑽…

 想盡辦法…

 !!

 噗哇一

 鑽鑽鑽 似乎非常癢。

 鑽 癢

 感謝之意♪ 舔 舔

 噗哈

 暖 暖

先鑽進去再說

…貓咪的天性嘛。

發現紙箱。

靴下貓與諾魯

♪冬天的回憶♪

作者・TOYAYOSHE

最愛取暖了♥

會冷嗎？想取暖？

黏住

驚

緩緩…冒出…

要再暖一點嗎？

這是我們的初次相逢。

瑟縮

飄

啪砰

飄

ZZ…

飄

…驚了，繼續睡去。

暖
暖S

跑跑跑

耶♪ 哇♪

小球。

怒

110

靴下貓四格漫畫
之 4

112

※ 犬隻敏捷障礙賽……犬類的跨越障礙物賽跑。閃過障礙物不斷往前跑的一種運動。

# 靴下貓悄悄話。

= 被遊樂場徹底打敗 =

雖然 San－X（株）也有販售「靴下貓」各種款式的玩偶，但是在遊樂場靠自己的能力贏得的「靴下貓」玩偶，對我來說更具有特別的意義。從以前我就很喜歡蒐集與貓咪相關的產品，只要看到貓形的任何物品，都會很想要將它帶回家…。

不只是遊樂場，即便只是隨便走在路上，只要看到貓形玩具，也會想要打包帶走。

有推出過限量材質（毛絨絨）的產品。

像這種的。

也有生產過限量姿態的商品。

這是什麼呀～蓬頭垢面卻裝人愛～太可愛了～

亂七八糟～

中長毛的靴下貓之類的…。

## 某天在玄關♪

尾巴抖個不停…

您回來啦～

好棒喔～

好像長得…

雪納

小動

那是我玩夾娃娃機拚了老命才夾到的～

超感動－

先給我吃飯比較重要啦…

蘿比公主

說到最近蒐集到的貓咪產品，我曾經在某個復古風雜貨店裡看上一個全身毛絨絨的白貓裝飾品，結果被賣掉了。

之後又補貨進來一個彷彿穿著白襪的木製黑貓玩具，就把它買下來帶回家。如今，我家的貓咪收藏可是越來越充實了。

但真的好像喔

雖然表情似乎是在生氣

這個玩偶雖然是個手機座，但在我家是拿來放眼鏡的。

原本看上的白貓。

瑞典製的木製貓咪。

110

靴下貓，明天見

兩個一起看家呀，真棒～

開門

我回來了～

點頭

等我一下喔～準備晚飯，肚子餓了吧～

磨蹭

磨蹭

磨蹭

Cat Food

全新貓餅乾～

Cat F

打盹

吃飯～吃飯～

肚子餓了嗎～

哼唱即興創作歌曲。

快步

跟上…

♪～

♪～

靴下貓的。

羅斯的。

兩位久等了！

仔貓用

羅斯還不能吃餅乾吧？

慢慢吃沒關係啦～

埋頭猛嚼

11

亂七八糟～

呵呵…一定玩得很過癮吧～

走 走

衝——♪

小跑步

小跑步

這兩個彼此感情很好嘛～

真頑皮…

別跳了羅斯——

跳

跳

你很喜歡靴下貓呀？

磨蹭 磨蹭

關門

那麼在裡面待一會兒，順便幫我照顧一下這孩子吧！在我打掃的時候！！

靴下貓是不是覺得有羅斯作伴真好？

趨前

我說…

跳

呵呵呵…我知道了，真棒對吧！

磨蹭 磨蹭

真是的…

羅斯！這樣很痛耶！爪子不要伸出來啦！

磨蹭 磨蹭

跳上我肩膀的小貓咪

抓住

↑肩膀

大家一起開心過日子吧！

陶醉～

摸 摸

好啦好啦，還是要謝謝羅斯來家裡和我們作伴喲！

輕拍

哇— 耶—

這傢伙就是沒辦法乖乖待著呀～

!!

跳

121

是太多了我想吧～

轉身

跳

剛才是在笑嗎？

喵呵…

翻找

對了！

✧ 疑視～ ✧

50公分左右

晃晃

在回家路上發現的。

而且莖超長。

現身～

真正的逗貓草。

搖

搖尾巴

跳

搖尾巴

躍躍

欲試

今晚一起玩吧～

閃過～

跳

121

123

泡澡真棒呀～

蒸氣～

開門

那磨…

明天再玩吧～
我再去找更大枝的

還沒玩夠呀～?!

羅斯怎麼了？

這個時間小孩子該睡覺囉～!!

籠子!!

碰碰

快步

晚安，我也要睡覺囉

真希望明天快點來

阻喪…

關燈
晚安～

坐下

等明天
再一起玩吧。

和靴下貓
一起開心的玩耍。

從今以後
天天都要
這樣過唷。

125

# 靴下貓悄悄話。

＝ 代替後記的最新狀況報告 ＝

非常感謝各位閱讀了這本《靴下貓》
也許是因為我是靴下貓的作者，特別受到大家的關注，
最近經常有人轉寄給我貓咪的寫真照片，真是大飽眼福呀。
我本來就是個貓癡，因此即使手機的記憶體全被貓咪的照片
佔滿，心裡還是開心得很 ♡♡♡

貨真價實的
靴下貓耶～

可惡～

小小一隻…

塞得滿滿…

徹超
承受

但真正的貓咪
躲進去時應該就…

辦活動時使用的非賣品。
靴下貓圖案貓咪睡墊

此外，
我也是個貓咪商品蒐集狂，
在被各式各樣的靴下貓商品團團包
圍的環境工作，真的都快流鼻血了。

身邊圍繞著各種貓咪商品，
感覺就像是養了一大群貓，
內心也自然充滿了暖呼呼的幸福感。

塞滿滿…

超受
歡迎

…這個
大概也…。

活動時使用的非賣品。
大家一起去兜風玩偶

貓咪界 BEST！　室內地墊

太棒了～

人類界 BEST！
抖動的靴下貓

彈眼

嘰嘰嘰…

縱起來了～！

擺在一起時
感覺就像是
俄羅斯娃娃

對耶！

當然，
我家裡的貓咪也受到最好的照顧。
大家若是有機會
遇到我的靴下貓孩子們，
一定也要好好愛護她們唷。

商品・附零錢包
的鑰匙圈（小）

活動時使用的非賣品
鑰匙圈（大）

TOYAYOSHIE

沒被採用的
趣味玩偶

但不能拿來刷東西

← 貓咪刷子

貓咪玩具

車輪會轉動！！

# 靴下貓 2 熱烈歡迎小小夥伴

作者／TOYA YOSHIE

譯者／陳怡君

美術編輯／申朗創意

責任編輯／蘇士尹

企畫選書人／賈俊國

總編輯／賈俊國

副總編輯／蘇士尹

行銷企畫／張莉滎‧廖可筠

發行人／何飛鵬

出版／布克文化出版事業部

台北市中山區民生東路二段 141 號 8 樓

電話：(02)2500-7008　傳真：(02)2502-7676　Email：sbooker.service@cite.com.tw

發行／英屬蓋曼群島商家庭傳媒股份有限公司城邦分公司

台北市中山區民生東路二段 141 號 2 樓

書虫客服服務專線：(02)2500-7718；2500-7719

24 小時傳真專線：(02)2500-1990；2500-1991

劃撥帳號：19863813；戶名：書虫股份有限公司

讀者服務信箱：service@readingclub.com.tw

香港發行所／城邦（香港）出版集團有限公司

香港灣仔駱克道 193 號東超商業中心 1 樓

電話：+86-2508-623　傳真：+86-2578-9337　Email：hkcite@biznetvigator.com

馬新發行所／城邦（馬新）出版集團 Cit　 (M) Sdn. Bhd.

41, Jalan Radin Anum, Bandar Baru Sri Petaling, 57000 Kuala Lumpur, Malaysia

電話：+603- 9057-8822　傳真：+603- 9057-6622　Email：cite@cite.com.my

印刷／韋懋實業有限公司

初版／2014 年（民 103）10 月

售價／250 元

城邦讀書花園　布克文化
www.cite.com.tw　WWW.SBOOKER.COM.TW